向こうみずな鶺鴒

清水希有

港の人

装画　「芥の城」塚田辰樹

向こうみずな鶺鴒

目次

向こうみずな鶺鴒

拒食の肖像

一　虚飾の肖像

死ぬためだけに生きている、
死ぬためだけに生きている、
さもなきゃ、決して納得なんか出来ゃしない。
どうして生きているのかって？
それよりも、
どうしてこんな人生、送らにゃならんのか？
わたしよりも結構な生活を送っている、
世界中のみんなが嫉ましい。

決して他人様のために生きてるわけじゃない。
一体良い生活って何だ？
何で出来てるんだ？
きっと亜硫酸ガスだ。
人を窒息死させるように出来てるんだろう？
失うものなど何一つ持たない人が、
とても羨ましい。
もう賭けるものなど、この自分自身以外には
何一つありゃしない人たちがとても羨ましい。
自分が傷つくことなんか、
恐れる必要も最早ない。
だって、そう、死でさえも、最早、
何を奪いさることも出来はしない。
そう、だから、この瞬間に生きるんだ。
この瞬間のためだけに。

誰のための自由なのか？
一体誰のためにわたしは生きてきたのか？
ずっと自分のためにこそ生きているべきだった。
それにしても碌な事のあった例がない、

そんな気がするのは何故？
にしても、世の中を啓発することは素晴らしい。
飢えた人々を救おうとすることは素晴らしい。
世界を上手に支配することは素晴らしい。
絶望に打ちひしがれた人たちを救済することは素晴らしい。
人を楽しませることは素晴らしい。
発明や発見をして他人様の役に立つことは素晴らしい。
美しい人殺しの道具を作り出すことは素晴らしい。
他人のためになるものを日々せっせと作り出すことは素晴らしい。

他人様のお役に立てて大変嬉しい。
まるで他人事のように嬉しいのは、
やっぱり他人事だから。

素晴らしい名声、
名声は素晴らしい。
名誉、名声、そして地位、それに財産、
あなたの誇りとするものって一体何？
そしてわたしの誇りとするものとは？
良く廻るその舌？
それとも、ピカピカに光るメルセデス・ベンツ？
田舎に拵えたログ・ハウス風の別荘？
それとも世界一周だって出来る大型クルーザー？
コレクションしたピカソの絵？
この世でもっとも大きなダイヤモンド？
使いもしないマイセン陶器？

ところが、幾ら言葉巧みに死でさえも飛び越える
病を拵えても、
誰が有難がったりするものか、
少なくともこの地上では。
でも、あなたは総理大臣だから、
国会で施政方針演説をぶつのだから、
少なくとも尊敬に値する人物なんでしょ？
でも、あなたは物理学者なんだから、
研究室で一日中プラズマ装置の調子を見ているんだから、
少なくとも尊敬されるに値する？
でも、あなたは医者だから、
病院で沢山の人たちを快癒させたのだから、少なくとも尊敬されるに値するんでしょ？
でも、あなたは博物館の館長で、
一日中、人類史の膨大な資料に囲まれて過ごす、
椅子に縛り付けられて。

だから、そこいらの駅の片隅に寝転がっている、
何のために生きているのか分りもしない、
浮浪者なんぞよりもずっと偉いってわけだ。
それで、やっぱり人生って素晴らしいって思うことがあるのか？
生きてて本当によかったって思うのか？

二　拒食の肖像

拒食の肖像、オナニスト、
虚飾の自画像、ナルシスト、
わたしはとてつもなく汚らわしい、
まるでもう、
ウンコみたい、ゲロみたい、
わたしはこの世の何モノであれ、

自分とは相容れないものだと思う。
「わたし」は何も食べない、
何も飲まない、
知識の泉から汲み取るものなど何もないし、
ご立派な絵画も鑑賞なさらない、
気の利いたことも言わないし、
素敵な音楽なんか聴いたりしない。
花の匂いも嗅いだりしない。
でも、自給自足しない自分は不完全だから、
いつでもどこでも排泄を満喫する、
ウンコする所ならどこだって、
ワタシの即席便所に早変わり、
そう、わたしは不潔、
わたしの口は汚らわしい言葉を垂れ流す、
排泄器官で猥褻器官、

ところで皆さん、
ワイセツ真に遺憾、
世の中逆さま、
言ってることとやってることが、
だから、わたしは逆立ちするの、
そして、上手にゲロを吐く、
ゲロ吐き上手、
これがとても自然なこと、
喩えようも無いくらい、
わたしにとって、
いやもう限界を超えささえすれば、
秩序なんて関係ありゃしない、
そう、このわたしは、
この反吐が出るほど結構な世界には、
かつて一度も存在したことなんかなかったし、

これからも存在することなんかないのだし、
永久に存在しなくて結構だ！
「わたし」は生れてなんか来なかった、
だから死ぬことなんてあり得ない、
そうだろう？
「わたし」はどこにも属していない。
「わたし」のにくたいは「わたし」のものではない。
決して「わたし」のものになることもあり得ない。
いや、そもそも「わたし」は存在してはいけない、
生きている限り。
「わたし」は絶え間なく罰される。
だから、わたしはいつでも自分に罰を与えよう。
そうだ、わたしは食べることが充分に可能だ、
それは「わたし」が許可したからだ。
誰かわたしを食べて欲しい、

屍体解剖の先生よ、
わたしを解剖して欲しい、
わたしを解体して欲しい、
わたしが最初から生きて無かったことがわかるだろう。
それでも燃えているだろうか、
このわたしの心臓は？
見えないだろうか、
死んだわたしの心臓はきっとまだ燃えている。
だから食べ尽くすがいい、
骨の一片に至るまで、
埋葬の準備が省けるだろう。
わたしは断じてわたしのモノではあり得ない、
かと言って、食べるあなたは
「わたし」を食べているわけではない。
「わたし」はこのわたしのバラバラ肉塊の中には断じて居ない。

あなたのパクパク食べてる肉の中で、
わたしが息づくことはない。
あなたが良心を痛めることなど別にない。
だって、
飢餓の世界最新地図が目に見えるだろう？
餓鬼は食べ物を探り出す、
このわたしのニクの中。
今日のこの餓鬼の餓えはひどく他人の役に立つだろう。
有用だ、
とっても人の役に立つ、
その惨めさにおいて。
だけど、
こんな餓鬼と言えども、
もし、「いつ死んだっていいんだ」って、
「仮令世界の終りが明日来ようとも、

いや、仮令今この時、この瞬間に、
全ての人々の努力の賜物が、
一つ残らず瓦礫の山と化したって、
この身体が風に漂う塵と化して、
空の彼方に消え去ってしまったとしても、
「全ては全くこれでいいんだ」と、
言い切れないのなら、
一秒たりとも生きてなんか居られはしない。
だって、生きてることになんか、
結局何の根拠もありはしないのだから、
今ここで生きてることが計れないのと、
同じこと、
この生きてるわたしが無に帰すことも、
また、とても喜ばしいものなのだ、
とりわけ、それが闘うことの結果なのなら。

こういう風にしか感じられないことが、
果たして不幸の名に値するのだろうか？
そもそも、不幸とは幸福の別名ではないのか？
とは言え、
他人の言うことなんか、
「わたし」の心に触れることなど、
これっぽちもありはしない。
「わたし」の心はむしろとても晴れやかだ、
まるで抜けるように青い、
晴れた秋の午後の空。
何故だか理由はわからない。
別にわからなくたって、
「わたし」は困らない、
ほとんど、わたしは幸せでさえある、

のだから。

わたしの世界は大方閉じられている。
わたしの人生は大方終っている。
わたしの人生はそもそも最初から終っていたのさ！

（狂気は普遍的な認識である。
鏡を粉々に粉砕すること。
狂気があるべき人間の姿を予言する。
絶望よ、絶望よ、
絶望の終りが、
絶望の始まりである。）

I hate to be a pretty little girl

少女だけは嫌
私はそんなものになんか
なりたくはない
きれいなおべべを着せられて
可愛がられる
ただそれだけの
かよわくて
頼りない
愛玩動物みたいに
なでられるだけ

可愛がられて
おしまい
そんな人生なんて嫌
みんなが私に押し付ける
スヌーピーなんか
全然好きじゃない
かわいいイラストも嫌
可愛がられるだけの人生なんて
少なくとも私は嫌
抜け目がなくて
世渡り上手な
おべっか使いの
女の子になんか
なりたくはない
デカパイの雌牛になんか

なりたくはない
オッパイをやるだけの
雌牛なんてまっぴら
何か悪いことがしたい
人生が退屈だから
人生を楽しみたい
でも腹にイチモツある
中年の男なんて嫌い
大体あいつら
どうせ変態だし
何か打ち込めるものを
見付けないといけない
きれいなだけの花なんて
瞬く間に飽きられて
おしまい

そんな人生なんて嫌
でもそれ以外の何を
一体何を人生に
求めたら良いのかなんて
今の私には分らない
早く大きくなりたい
大きくなって
パパやママの押し付ける
こんな小さな世界なんて
抜け出したい
でも今の私には
人生に何を
人生に何を
求めたら良いのかなんて
分らない

決まり事だらけの生活の向うに
何が有るのかなんて
今の私には分らない
塾におけいこ
教育熱心なパパにママ
かわいい服を着せられて
毎日学校に行かされる
そんな日々の向うに
一体何が有るというの？
何が有るというの？
何か打ち込めるものを
見付けないといけない
人生は
瞬く間に
過ぎて行ってしまう

ものだから

首吊り－絞首

丘を登って
頂上に向かって
ぬかるみの丘を
丘を登って
頂上に至る
グチャグチャの
泥濘に
足を取られて
ビッチャビチャ
　ソレデモ丘を

登って
登って
頂上に
見る、見る、見える、
かすかに見える
絞首男が
首吊り男が
叫んでる
叫んでる
滑稽にも
口を
だら、だら、だらん、
あの叫びが
大気の中に
溢れかえって

ケヤキの木から
滑稽にも
足を
ぶら、ぶら、ぶらん、
　　聞く、聞く、聞こえる
叫び、叫び、叫び、
大気の中に滲み込んで
木霊、木霊、木霊
やがて
落ちる、落ちる、落下する
どさ、どさ、どさん

夜は決して死なない

こんなに世界が荒れ果てていても、
それでもぼくは科学を信じる、
それ以外に道はないからだ。
テクノロジーが自然を去勢し、
テクノロジーが危機を生み、
　　　　テクノロジーが救済する。
でも、テクノロジーはひとの心は救わない、
ダ・ロ・ウ・カ？
確かに、テクノロジーもまた、
その名において犠牲者を要求する、

そして、犠牲者は決して「うん」とは言わない、
「これでいい」とも決して言わない、
でもぼくは笑いたくない、泣きたくない、
怒りたくない、狂いたくない、
こんなことは社会を管理するよりも、
ずっと簡単なはず、
だから、
ぼくは欲望を管理しよう、
ぼくの殺人の欲望を、
ぼくの死に至る欲望を、
ぼくのジェノサイドの欲望XYを、
　少なくとも、ぼくの肉体はぼくのもの、
ダ・ロ・ウ・カ？
エゴイズム（＝スナワチコユウセイ）、ハヴォランティアヨリモツヨシ！
　いや、ぼくには現実とは別の意味が必要だ。

だから、
ぼくはまだ探している、
ぼくの素晴らしい幻想の身代わりを、
マ・タ・シ・テ・モ！
砂漠の中の目に見えない国境の上に立ち、
大地の上に跪き、ぼくを裁く境界線の上に接吻する。
それがぼくの死の測量、
境界への偏愛の徴なのだろうか？
ぼくの良くない血の中で、
遺伝情報の徒花が緑青のように狂い咲く、
あたかも呪われた一つの血筋が終焉を迎えるように。
実は、誰もが人類の歴史に終止符を打ちたくて、
仕方がない、壮大な終りを迎えたくて、
仕方がない、この程度では到底満足なんか、出来るわけない、
もっと、もっと、もっと、もっと、もっと、もっと、もっと、

不言実行、目的に向かって邁進だ！
だから、
子供だって言う、「人類なんていちどほろびた方がいい」、
大人だって言う、「もうこれでお仕舞い？
もう何にも気にする必要もない？
何故か気分がせいせいするのはどういうわけなんだろう？」
　高度消費社会に生きることの意味とは、
それ以外には有り得ないって本当なの、
ダ・ロ・ウ・カ？
そして、
ぼくにもそう思えるの、
ダ・ロ・ウ・カ？

たいようにさよならを

さよならさよならさよならのあいさつを
おくろうおれのたいように
あをいそらにしろいくも
まぶしいみどりにくろいつち
そしておれにもはっきりみえる
あかいあかいあかいかわ
おぼれおぼれて
おしながされるいっすんぼうし
そうはやくもはっきりと
さよならさよならさよならのあいさつを

おれのしんぞうに
おれのむげんきどうに
おれのこだまに
おれのきょうよ　こんにちは？
こんなきぶんのさわやかな
あきのごごには
しにがみが
とびらのところで　このおれを
じっとしずかに　まちうける
しんだねずみは　かいだんに
じんるいのれきしがはじまっていらい
もうまつひつようもなくなった
しぼうしようしぼうしようしぼうしょうめいしょに
なまえをかいて
このせかいのみなさんに

さよならさよならさよならのあいさつを
おくろう
すりきれすりきれとっとのめ
くびきれくびきれ
おれのくび

オリャア×ウギャア

有罪だったんだ
無罪だったんだ
このたこがハム
このタコはハム
てくてく歩く
たこたこハサム
天蓋あたま
たまたまころがす
無声映画に
ムサイジサマが

夢精シタガニ
ウザイオタクニ
オクルフィギュア
オイタイタコニ
オイタワシヤト
オイタシタクチ
呟くクチニ
シタヨフタヲ
フタタビカムト
ウマレタソノヒニ
タダタダアルク
オイタミニクイ
キケンナアカゴニ
モハヤナンノ
ミライモナイヨ

クリュタイムネストラ（狂時間雌雄虎）

終んないの？
　人生
おぞましい
　誰の？
疲れないの？
　詰らぬ
　お話に
　誰が？
私たちが若かった時

結婚したばかりで
二人が愛し合っていた時
あなたがまだ信頼するに足る
優しい夫だった時
私は想像もしていなかった
愛しかったあなたが
いいえ
愛していたのは
かつてのあなた
愛していた
心から
けれどそんな
愛しかったあの人が
あの呪われた日
世界で一番許せない

男になり下がった
あの男は
あいつは
私たちの愛の申し子を
抹殺した
あの日
あいつは
愛しい私たちの娘を
見捨てた
まだうら若い
咲き初めし
純潔の百合を
踏みにじった
惜しむ素振りさえ見せず
私たちの愛の結晶を

打ち毀した
今ではあの人は
あいつはただの
見下げ果てた裏切り者

そうだった
私たちは
目合ふ者たち
犬も喰わぬ
肉と睦んで
貪り合った
そんなあの人と
離れ技
わざとしています
気のない素振り

そんな狂態

クリュタイムネストラ

時間が狂って
投げ出された
私たちの愛の瞬間を
刻んだ時計
十字架に掛けられた
真夜中過ぎの時を刻んで
止まったままの
振り子時計
押し留めることも
かなわない

クリュタイムネストラ

神の家で死んだ燕

ああ
長かった
今こそ
復讐の時
時間を掛けて
長い距離を
飛んだ燕は
神の家の中庭に
聳える大きな楡の木の
根元に
力尽きて落ちた

しばらくは息があった
けれどやがては
死んで物言わぬ
屍体となり遂せた

殺そう
あいつを
許せない
あいつは
勝ち誇って
戻って来た
戦地から
使命をきちんと
遂行したと
驕り昂って

そう言わんばかりだった
得意気だった
おまけに女の捕虜まで
連れ帰った
私は言いたかった
「娘は？
娘を元通りにして
そして帰して」
だけどもう
あいつは
お茶を濁すばかり
娘への哀悼の言葉でさえ
口にしない
そう
後ろめたいから

そうに決ってる

クリュタイムネストラ

神の家の中庭にある
蔦の絡まった
楡の木
根元には
燕の遺骸が
埋められている

そう
私たち
私と私の秘かに愛する人
私たちは

切り倒される
楡は蔦ごと
切り倒される
それでも
あの人は
励ましてくれた
娘を殺した
許せない夫を
打ち倒すよう
勇気付けてくれた
そんなあの人が
私は好きだった

涙が溢れる
胸が一杯になる

あの子の
悲しい運命を
思うと

あいつには
あの子を救うことだって
やろうとすれば
出来た筈
それなのに
あいつは
してくれなかった
あの子の命請い
でさえ
しようとしてくれ
もせず

あいつは
「娘はみんなのために
犠牲になったのだ
俺たちはそれを
光栄に思うべきだ」
そう言った
でもどうして
あの子でなければ
ならなかったというの？
私には納得すること
なんてこれっぽっちも
出来はしない
娘の命を要求するなんて
神様も酷いことをなさる
そんなこと

どうしてなさったのか？
納得なんて出来ない
娘の死

だから結局
あいつが責めを負うしか
なかった
あいつは
死ぬしかなかった
あいつが責任者なのだから
あの子の命が
贖われるためには
それしかなかった
殺してやる
あんな男は

私がこの手で
この手に握った刃物で
あいつに
致命傷を
負わせてやる

浴槽を覆う
ヴェールの影から
油断の隙を
見計らって
急所を一突き
まだ足りない
私の気が収まらない
そして二度三度
「ウム、やりおったな」

いかにもあいつが
言いそうな
そんな最後の言葉だった

私の心は
凍てついた数多の氷河
「お前」という大地の破片を
削り取って押し潰す
「お前」はきっと
只の瓦礫と
なり果てる
物言わぬ
「お前」の骨は
犬がかじって
ボロボロになる

夫の葬儀は
慎ましやかに行った
葬ったのは
燕の祠の近く
死んだ燕の
墓に隣り合った墓所に
それでも立派過ぎる

落ち着ける
そこなら
いや
安らげる訳などない
殺人を悔いてないなら
死んだ後も苦しみ続ける

殺人者となり果てる
ハデスの暗がりで
苦しくて吼えたけり
おぞましい呻き声を上げる
地獄の犬
ケルベロス
のように
私は決して
碌な死に方など
することもないだろう
けれど
私はそんなこと
気にしたりなんか
することはない

クリュタイムネストラ

陸上動物の運命
やがて立ち上がれなく
なり
横たわった後
決して起き上がる
こともない
永遠に
そうだ
眠りは神の贈り物
しかとそうに違いない
永遠の眠りに就くなど
何ぞ怖れるに
値しようぞ

私は言いたい
私は般若
私は復讐の鬼
となった般若
眠れない
今では
罪を意識する
罪有る人を
殺しただけ
それなのに
眠れない
でも私は
気にしたりなんか
しない

私の死に方なんか
どうせ見苦しい
私は死ぬだろう
苦しみながら
でも私は
正しいことをした
そう思っている

終んないの？
　人生
おぞましい！
　誰の？
　　私の
疲れないの？
詰らぬ

お話に
誰が？
　あなたが！

もはや存在しない
あなたが
厭んでいる
そう
私たちの
愛の時間に
あなたは
うんざりしていた
だから
こうなった
こうなるしか

なかった
あなたは
私に
殺されるしか
なかった

私を
罪有る者と
呼ぶな！
私こそ裁き手
裁き手の執行する
正義に
何の揺らぎも
有りはせぬ！

私は
クリュタイムネストラ！

＊アイスキュロスのオレステイア三部作の第一部「アガメムノン」に依拠している。

Point en suspens（未決状態）

こんな小さな
こんな小さな
少女でも
闘っている
大人になろうと
あるいはそうであるまいと
そうして世界と出会い
覚醒し
地上で
流される血の全てに

痛みを感じ
萌え出ずる
若草の香りに
うっとりと酔い痴れながら
また訪れる朝の光りに
抱き締められながら
この世の全ての
得体の知れない
感情に
力強く支配されながら
また訪れる夜の帳に
眼を閉ざされながら
そうして
甘美な眠りへと
促されて

しっかりと
小さな手で
朝顔の種子を
握り締めて
彼女は大地へと
誘われた
はるかな山から
返ってくる木霊の声に
急かされて
流れる涙の滴に
洗われて
甦る感情の高鳴りに
呼び覚まされる

私は
蠟燭の
白い炎に降臨する
純粋な輝き
宇宙という海に浮んだ
一片の藻屑
羞恥のあまり
完全に消え去りたいと
ひたすら願う
蒼白めた白百合
太陽の下で
数多の実を育む
林檎の木
我儘な愛に
ひたすら執着する

愚かな魂
夕暮れに感極まって遠吠えする
荒野のコヨーテ

こんな小さな
こんな小さな
少女でも
闘っている
大人になろうと
あるいは
そうはなるまいと
時の流れに
身を委ねながら
あるいは
時として

それに逆らいながら
しなやかに
そして力強く
世界への歩みを
進めて行く

私は
高い木の枝に
引っ掛かって
拘束された
赤い風船
解放される日が
いつか訪れるのを
待っている
あるいは萎びて

ぶら下がる運命にある
ああ、今
強風にさらわれて
飛び立った
私は孤独で
自由な魂
太陽の光りの下
どこまでも
どこまでも
ひたすら
風に
押し流されて行く
赤い風船
まだ分らない
まだ分らない

私の運命は
まだ
未決状態にある
もしかして
永遠の？

期待はしません

「き・た・い」は
三つの要素から
出来ているのに
決ってる
その三要素は
き
た
い
はきたい
はきたい

パンツ
はきたい
はきたい
はきたい
ゲロを
吐きたい
期待は
しません
ゲロになど
幾ら
吐きたい
気分に
なったとて
期待はしません
地球の終りに

別に派手な
打ち上げ花火
なんぞ
期待はしません
ちょっとは
気体を
期待する
酸素に窒素に二酸化炭素
有機体には
期待が山盛り
気体に
期待が出来ぬなら
みんなそろって
窒息死
いいんですか

そんな虚しい
気体ばかりに
期待して
私は別に
期待はしません
可愛いあなたの
笑顔など
それどころか
顰めっ面が
せいぜいで
別に私
顔が怖いので
期待はしません
愛くるしい
笑顔を

浮かべた
気体の詰まった
エアバルーンなど
別に私
期待はしません
どうか遠くへ
行って来たいと
虚しい期待を
当てにはしません
今日この頃も
期待はしません
履きたい
革底のお洒落な
靴なんぞに
別にどうこう

言うよな
期待はしません
おしゃまな
女の子の
おかっぱ髪にも
別に
深い期待は
寄せません
このまま
行きたい
どこかへ
行きたい
けれども
それから
帰って

来たいと
期待しました
この日曜日
如何でしょうか？
あなたの期待に
お応え出来たか
不安な今日も
イキタイ
絶頂
を
迎えられまして？
と聴かれたら
応える言葉
ああ
イー

キタイ
愛の新世界
って
こんな気持ちいい
のは
期待
してませんでした
それに
ワタクシ
私の人生には
期待は
しません
スミマセン

beaux draps（美しい衣裳）

男になるのが嫌だった
子供から
成熟した大人の男になるのが
声変わりがして
陰毛が生えてきて
成熟した大人の男になるのが
喩えようもない位
嫌で耐え難いことだった
泣きたくなるほど
嫌で仕方がなかった

オナニーを自慢気に話す
友達の気持ちが
理解できなかった
今更大人にならなければ
ならないなんて
こんな時代に
一人前の男になるなんて
恥ずべきこと
にしか思えなかった
生きて行くこと自体が
恥ずべきこととしか思えなかった
食べては吐いた
吐き気が僕の生きがいだった
セックスなんて
別世界の出来事だった

想像するだにおぞましい
女の子を好きになるのとは
違った
自分って矛盾している
自分が女の子に
望んでいるものが
何なのか
自分でも把握できない
好きになると
憎みたくなる
ただ嫌なだけの奴って
確かに居るけど
女の子に対する気持ちって
そういうものじゃない
でも普通の女の子は

男にこんな恋情は求めない
現実主義者なのだ
性欲の
女への愛は
何か虐待に近い
可愛い男の子も
虐待の対象となる
その子自身としては
全く望んでなんかいない
可愛がられる
ことなんて
男であることが
誇らしく思われるなら
セックスだって
出来るだろう

何て愚かしい、
この世界を
華やかに繁盛させようと
することなんて
新しい症状だ
男の子の生育における
単なる草食じゃない
過激分子になりたいって
わけでもない
分りやすいマッチョだね
過激分子なんて
自分の衝動が
抑制出来ない
それでやつれてしまう
何を望んでいるのか

それをずっと考えて
たけど
分り易い答え
なんてない
でも意外と陳腐なのかも
画期的って思いたがるの
人間には有りがちな
愚かしさだよね
自分を中心に
世界が回っているんだ
いい気なもんだね
そんな奴になりたかったのかい？
最低だね
生きて行くのが困難なんだ
もうずっとだよ

人生は美しい衣裳
やがてズタボロになる

ひとりぼっち（A・Nに）

死にたい？
そんなに？
ひとりぼっちだから？
誰だって本当は寂しい
誰だってひとりぼっち
君だけじゃない
誰にも分ってもらえないって
そんな風に考えているのは
別に君だけって訳じゃない
みんなひとりぼっち

そうやって人生の大海原に
小さな船で漕ぎ出して行く
ひとりぼっちの冒険者
それでも
やっぱり
寂しい
死にたくなる
人生って虚しい
そう思えるから
つらいことが有ると
誰でも死にたくなる
どうして
自分は生きてるんだろう？
そう疑問に思う
「わたしの存在って

一体何なのかしら？」
そう疑問に思う
人生は不思議に満ちている
どんな退屈な
人生にも
一輪の花が有るだけで
世界は美しいものだって
そんな風に思える
それでも
人は死にたくなる
偶然の災難に見舞われ
何気ない一言に
心底傷ついて
人生はこんな苦しみに
値するものなのか

そんな風に疑問に思う
そうやって死にたくなった時
どうやってしのいで行ったら
良いものか
人は疑問に思う
この無意味な苦しみに
一体何の意味が
そう不思議に思う
だが明日が来るなら
分らない
明日のことは
けれども
ひょっとして
全く違った風景が広がった
明日という日に

出会えたなら
全てが違ったものに
思えるかもしれない
明日がやって来た
なら
ひょっとして
生きていて良かった
そう思えるかも
しれない
それまでは
その時までは
生きて居よう
いや
生きて居たい

世界よ
全ては
お前の望むままに

土龍

もぐらは地中に住んで居た。濡れそぼった土は彼の周囲に壁をなしている。彼はそれを押し除けながら進んで行くのである。その様に進むこと、つまり彼の生活は餌のみみず取りに終始しているのであった。彼が自分の生活を維持するためには、唯、前進あるのみで済んだ。彼は、黙々と進んで、触覚、嗅覚のみに頼って、頬髭でみみずを捜し当ててはその場で平らげるのであった。そうして、彼の後には自ずから道が出来て居るのだが、彼は出来てしまった道には何ら頓着することがなかった。進んで行く先のことについては、彼は何も知らなかった。彼の生活は感覚なのであり、彼はその感覚に身を任せて先へと進んで行くしかないのであって、そのことに関して彼に選択の余地はなかった。

そうした或る日の夕方、地上の外気の涼しくなって来た頃、もぐらは目が醒めた。彼は鼻の先から尻尾の先まで身を震わせ、その生活の習慣たる「道の途中」を継続しようとした。

　するとその時、何やら騒がしい雰囲気が土の壁を通じて伝わって来る。彼は、特にこれといった理由もなしに、その震動、その感覚に引き摺られて進んで行った。すると、いつの間にか地上へと彼は向かっていたのだった。やがて、彼は地上に鼻を突き出した。どうやらこの生き物の類的習性らしく、そこには他のもぐらどもも沢山集まって居たのだった。その中には、時として地下の道で擦れ違いあったことのあるもぐらども、知り合いのもぐらどもも居るかのようであった。彼には、仲間たちが集まっているのが訝しく思われたので、その群れの中に入って行って、彼等に問うた、一体どうして集まっているのか、一体ここで何をしているのかと。

　もぐら達は、目も見えず、言葉も無く、感じていることを巧みに伝える術もない。だから、そのもぐらのしたこととは、群れの中へと身を捩り込み、知り合いのもぐらと思しきものに身を摺り寄せ、鼻で匂いを嗅ぐという行為だった。ところが、その知り合いの筈のもぐらは何の反応も示さず、ただ、ちっと鼻を蠢かしただけだった。

　もぐらには、もぐらの生理学がある。もぐらという奴は、太陽の光りを浴びると日干しになって死んでしまう。太陽の光りが強烈過ぎるからである。だから、彼等にとって、この地上にその姿を現わすこととは、あまりの素晴らしさに死んでしまう程、胸のすくことなのだ。彼等は息が詰まり、吸うことも、吐くことも出来ない。彼等は「ここでは、陽の光りが強すぎる」と叫ぶことは出来る。しかし、夢を見ることは出来ない。全てが白昼の中だからである。彼等には、この世界があまりにも暗すぎる。生きることが不可能となって居るからである。彼等は眼が眩んでしまっているのだから、いや、そもそもが視覚なぞ持っていないにも等しいのだから、もはや進むべき道を進むことも出来ない。彼は嗅覚も聴覚も働かせることが出来ない。陽の光りの洗礼を受けてしまったからである。

既に夕方である。空はやや薄暗くなってはいるものの、太陽は未だ沈まない。空には雲ども重たくのし掛かって、赤々と彩られている。風はわずかに吹いて居り、肌身をさっと通り過ぎる。勿論、太陽とは言っても、日光の当たる加減で感じられるのみであって、周囲の気色は何一つ明瞭な姿を確認出来ないのである。その時まで、彼は気付かずに居たのだが、その仲間と言うべきもぐら達は皆一定方向を向いて居るのだった。その向きはと言えば、太陽の方向らしいのがそのもぐらにも感じられるのであった。だが、このような姿勢を取っているということは、彼には息苦しく感じられ、彼は自分の身体を動かそうとした。すると、大人しくしていろと言わんばかりに、周囲のもぐらどもが押し詰めて来た。彼は大人しくして居る以外、どうしようも無かった。

太陽はますます沈んで行き、既に重たくのし掛かっていた雲はあたりを黒々と塗り込めて、終いには雨さえも、ぽつりぽつりと降って来た。ところが、このもぐらどもは、一匹と雖も、動こうとはせずに、じっと身を寄せ合ったままだった。

やがて、雨が本降りとなり、もぐらどもの毛皮は全て湿り気を帯びて、黒々と濡れそぼって来た。

すると、一匹のもぐらが、取り立てて他のもぐらと見分けようもない普通のもぐらなのだが、突然、何かが見付かったとでもいうように、自分の向いて居る方角、即ち、沈みつつある太陽の方角へと走り出した。その不器用な四つ足を一生懸命に動かして、凄まじい勢いで駆けて行くのである。と、驚いたことにも、このもぐらの群れ全体がそれに随って動き始めた。彼等は、その一匹の動きに捉われてしまい、その隣りのものは、彼の進んで行く気配に引き摺られ、その更に隣りのものがそれに続くという具合に、次々と動きは石を投じられた水面の様に拡がった。やがて群れの全体にその前進は及んで、もぐらの群れは猛烈な勢いで前進し始めたのだった。

ところで、ここに、一匹だけ取り残されたもぐらが居た。例のもぐらである。何故、彼は取り残されたのか？　それは単なる意気阻喪であり、周囲から散々に小突き回されて力を喪失し、衰え弱り果てた末の帰結なのであった。彼は、皆の進んで行った後に、一匹だけ、呆然として居竦み、雨に叩かれていた。

次の日の昼間、太陽が燦々と輝いて居る。彼は滅茶苦茶な放射状に光りをばら播き、その光輝の領域は、人が一歩進む毎にぐらぐらと旋回し、歪み、縮んだり伸びたりした。前日の雨で叩かれた真っ黒な土からは蒸気が吹き上がり、その表面は白く乾燥し始めて居る。一団の子供等がもぐらの横たわって居る場所を通り掛った。彼等は、その水を含んで光沢のある毛皮を纏った動物の死骸に目を留めて、何やら言い合った。そして、その子供達の一人が棒を持ってやって来て、そのもぐらを突っついた。

すると、その死骸の下から、一匹の埋葬虫が飛び出して走り出した。子供等は思わずギョッとして、顔を見合わせた。その死骸は早くも中が腐り始め、死臭を好む虫どもが寄り付いていたのだった。子供達は、再び何やら言い合って居たが、さっきの棒を持った少年が、もぐらを仰向けにひっくり返した。何もない。例の少年は棒でぐしゃっと身体を押し付けてみた。もぐらは、背骨をぐにゃりと曲げて、あたかもお辞儀をするかの様であった。子供達は思わず笑った。あの少年は棒を捨て、子供等は笑いながら連れ立って行ってしまった。

陰鬱な死の後には、いつまでも春の午前の様な笑いが漂っているばかりだった。

Mに寄せるDの弁明・当世風
(Le Diamant du Monde à la Mode)

結局のところ、Dは、(一言で言えば)あまりにも早く「世捨て人」になってしまったかのような人間である、と、或る見地からは言えるだろう。

Dは、他の人々を嫌っているという訳ではない。と言うより、彼らはDの目から見ると、深い霧の彼方に影となって映り、捉え難い不可解なものとして現れる。そこで、Dは、彼らに対して、「君たちは私とはどうも縁の遠い存在のようだ」とでも言いたげに振る舞う。それでも、彼らのうちの誰かは、「私は君と一緒に此処に居るのだ」と、敢えて、Dの前にわざわざその存在をさらけ出そうとするのだが、そうしようものなら、Dの感情は一気に驚きへと高まり、それが或る種の特徴的なDの態度となって現れることになる。Dの驚異に基づいた態度は、結局、極端に形式ばったものとなるか、或は、出来る限り、何事もなかったかのように振る舞おうとするのだが、最終的には、重苦しく意味というものを欠いた感情の激発、或る種の熱狂として、終るのだろう。それにしても、Dには、他の或る種の人々が視察者たちの前で、見事にやってのけるような芸当、皮肉たっぷりな幕間狂言を演じることは出来ないのだ。

Mは単なる火花に過ぎなかった。しかし、この火花は、Dにとって全く特殊なものなのだ。こうした精神の火花なら、Dは今迄にも幾度となく経験して来たのだが、このような「自己表出」に結び付いた火花は初めてだからだ。Dは、あまりにも、Mの片隅に押し込められた生活を営んで来たので、現実の世界を超脱して、逃れ去ってしまっていたのだった。だから、精神の火花を飛ばしてもらうのが、やっとのことだったのだ。しかし、このDという「もの」は、可能な限り、惰性によって孤独な生活をしようと目論んでいるのだ。この生活を売り飛ばす位なら、そっちの方がまだましだろう。「もの」というものは、世界が存続する限り、そこにある。もし、それが不可能になったら？　Dは自分のこの独自な魂を放擲して、全ては無意味であると宣言して――この宣言は、勿論、行為ではないのであって、絶望という状態のことだ——虚無を呑み干しながら、刹那としてしか存在しないだろう。つまり、この絶望は瞬間であり、瞳を瞬く、その一瞬しか存続しないことになろう。後の全ては、頽廃として続いて行くのみだ。頽廃は、現在の主要な風潮なのだから。Dも、その意味では、ほぼ完璧な頽廃者なのだ。しかし、Dは、このMを抜け出せるのではないか、と秘かに期待し、待ち受けている。頽廃者は嘔吐というものを好む。嘔吐は、世界の存続を望まない。嘔吐は、自分と同じものに耐えられない。というのも、同質なものが増えてゆくことへの嫌悪だからだ。それは、自分という物理的な存在の堆積を減らそうという試みなのだ。自分という、自分にとって最も同質な存在を破壊へと導くこと、空高く溶岩を噴き上げる火山のように、自分の内にあるものを、外へと、出来る限り遠くへと放り出すこと、それこそが、嘔吐の望むものなのだ。嘔吐に値する生活、その生活はただ、嘔吐と自己破壊とのためにのみ存在する。そのようにして、Mは立派に牢獄としての役割を果たすことも出来たのだった。

Dは、逆説的にも、Mを、火花として崇めようとする。最早、Dは、Mのことを一生纏い続けるだろう。Dたちは、幼い頃に経験した神秘から、今迄の体験した全てを、死ぬまで引き摺りながら、生きてゆくのだろう。そして、もしDが、今、このように、言葉によって語られ、これからも語られ続けてゆくことになるのなら、Mこそが、Dにとっての転回点となるのかもしれない。

Dという「もの」たちの生活は、それぞれが、全て独自な関係を生きながら、自らの内へと折り込んでゆく過程なのだ。そうした関係そのものは、全て、時間を飛び越えて、Dたちの中でいつまでも保たれているものなのだ。こうして、明らかなのは、Dたちを覆い尽くすMの暗闇の中で、もう一つの、別の生命を育んでゆくということなのだ。

或る冷たくなってしまったかのような事物間関係についての質疑・総括

A. 潜在的な要素(D自身における要素が問題になるので、当然のことながら、Mに関する項目は欠けることになる。)

1. D自身にとって即自的な孤独。

2．Ｄ自身の素材が硬質なもので出来ており、それ故、他者との交流が困難であること。
3．Ｄが外側から熱量を受け取るような状況にないし、生命を持たぬが故に、自分から運動をやり始めるという可能性を欠いていること。
4．Ｄの怠惰。慣性の法則にしたがって、1、2、3に見られるような特徴と相まって、それ自身特殊な意味を帯びている。
5．Ｄの自己嫌悪。Ｄは、自分自身を嫌っているので、今ある自分が本当の自分ではないと思いたがっている。Ｄが自分に与える意味は全て自分のものではないのである。そのようにして、Ｄは、自分が意味の世界から逃れられるのだ、と、思い込んでいるようにさえ見える。

Ｂ．顕在的な要素（Ａに述べられた様々な現象の試金石となっており、Ａを一目に触れるよう顕わにする基盤である。もっぱら、ＤのＭに対する関係において問題になることである。）

1．Ｍ自身の態度変更。（Ｍの自己卑下。あるいは、Ｄという事物の不可解さに関して、匙を投げ出すこと。）

2．Dの気紛れ。（Dというものが、熱しやすく、冷め易いという、この二つの間を、容易く行き来する循環的性格を持っていることに由来する。）

3．Mというものが、あまりにも母胎的性格を持っていた。（つまり、決して、Dを何らかの意味で際立ったものとして刺激しようとすることなく包み込むという態度を取り続けたこと。）

4．Mには、決して、Dと混じり合おうという気がなかったという事実。（1と関係がある。）

5．（4と同じく）、Dが、Mという事物と交じろうとはしなかったという事実。（これは、Mに対する曖昧な態度となって現れている。）

このようにして、Dは確実なる不毛を獲得することに成功するだろう。その有機体としての不毛は、太陽の光りを浴びても、なお、冷ややかに輝くのみなのだ。

狂気と才能

狂気というものは
ただ狂っているってだけじゃない。
単に頭がおかしいだけってわけじゃない。
（あらゆる場合がそうだって言いたいわけじゃないけど。）
そこには何か
途轍もなく真実らしいものが
何かしら関わっている。
その体験が何に近いかって言えば
臨死体験にちょっと近い。
呼吸を即座に止めて死んでしまおうとする。

その時に途方もなく息苦しくなる。

（気を失うだけで死ぬことは出来ないらしい。）

REMに“try not to breathe”って曲がある。（＊1）

そうしようとする時の感じに近い。

自分を取り囲んでいる世界そのものが
牢獄のようになって迫って来る。

そんな感じに近い。

（ゴッホの絵というものは
そんな感じを良く表現していると思う。）

あまりお勧めは出来かねる。

たとえ、一時的な高揚感こそあってもだ。

大体狂ってしまうと碌なことがない。

日常生活にも支障が来たす。

普通に働くのは難しい。

（私はまあ普通に働けた時期もあった――つまり、心の病気になる前の話である――ので、こう言うわけだが。)
一旦なってしまうと、完治するのはかなり難しい。
大体この病気はだる過ぎる。
精神病院に入らなきゃ
なんてこともある。
その費用も馬鹿にはならない。
(そもそも社会的な負担になる。最終的には国家の負担になっているようなケースがほとんどだからだ。)
大体狂気の結果として
芸術的才能がおまけのように付いてくるなんていうのは
単なる誤解だ。
それは、
つまりその人の精神的なものと肉体的なものを含んだ
全体性に関わっているもの
なのであって、

狂気というものは
偶々その一部となっているだけ
でしかないのだ。
だから、
狂人の全てに芸術的才能があるわけじゃない
というのは、
私に言わせれば
当たり前のことなのだ。
個人的な意見を
言わせてもらえば、
何らかの芸術的才能を
身に付けたいのなら
先ず自分の適性を見極めることが大切だ。
そのきっかけは
自分の作品に対する自己評価（つまり自信）と、

誰かその分野を熟知している他人の評価とが
高いレヴェルで一致する体験というのが
基準になる。(＊2)

そういう体験が何度かあれば
きっかけとしては充分だろう。
それからそのジャンルのものを
自分が本当に愛しているか
自分に問い質すことも必要だ。
それから謙虚な姿勢で
他人の作品に学ぶことも大切だ。
それも単に他人の作品の
こんな風に良いところを
具体的に真似してみよう
なんていうのは初歩の初歩。
それよりも

自分が本当に良いと思う作品に出来るだけ触れて、
（何が良いと思うかは結局そのひとの個性になる。だから或る程度批評精神を養うことも
——それが目的になってしまったら批評家どまりなのだから注意しないといけないが——
必要だ。人生において触れられる作品なんて多寡が知れているのだから、与えられている
もの、自覚せずに消化しているものはともかく——それらもまた個性になっていく——、
触れる作品の選択も、もの凄く重要だ。）
感性を磨くことも大切だ。
他人の影響は真似してみようというよりは、
創作している内に自然とにじみ出るものの方が好ましい。（最初は難しいかもしれないが、
それだけ自分の好きなものを消化し尽くした上で、表現しろということだ。）
異ジャンルを含んだ人生からの影響は大切だ。それは自分の解釈を発揮しやすい領域で、
自己表現の肥しとなるものだからだ。
その意味で人生の苦境は却ってチャンスとなり得る。
単なる模倣は意味がない。
個性のあるひとなら、

真似ようとしても自己流のものに
なってしまっている筈だ。
表現する手段は
与えられたものに限られているのは
当然だ。
それ以上のものを望むなら
自分の意志で獲得しなければならない。
だから自分の自由になる時間と
そのひとの経済状態も重要だ。
（残酷なようだが。但し、経済的に追い込まれることによって、創作意欲が掻き立てられるというケース——バルザックみたいに——もあるから、この関係も単純ではない。）
本当に才能のあるひとなら
生涯他人に依存していても
残した作品によって評価されるなんてこともある。（ゴッホがそうだ。もっとも映画のようにあまりにも娯楽の商業的経済に巻き込まれている分野では困難かもしれない。）

違う時代に違う場所で生きていたひとの作品を理解するには想像力が必要だ。
だから、
そうした作品に触れることに意味があると思えるなら、
自覚的にそうしてみると良いと思う。
それがあなたの作品の個性を作っていくかもしれない。
批評というものは、
大抵好きな作品というものが先にあって、
論理が後から追い掛けていくものだ。（だから誰しも自分の好きな作品を正当化せずには
いられないというわけだ。）
それは批評の健全な在り方なのだ。
プラトンは、
哲学的洞察に直に結び付かない
芸術作品の批評というものを揶揄していた。（ほとんど断罪していると言ってもいい位に。）
（＊3）
だからこそ、『饗宴』のような作品を書いたにも拘わらず、

彼の理想の国家から詩人を追放することになったと言える。(*4)
つまり、それは本質だけを追い掛けて、
却って本質を見失ったというのに近い。
逆に、
あらゆる哲学の余白に書かれるものは哲学的洞察へとつながるものだと、
デリダ風に考える(*5)方が芸術を否定することにはならないだろう。
(或いは、「真実の追求」をも。)
つまり、
芸術家なら頽廃を過度に恐れるべきではない
ということだ。
滅びるものは
滅びるべくして
滅びるのだから。
どんなものにだって
真実の断片が

萌しているものなのだとハッキリと分るだろう。

＊1　“Automatic for the people”というアルバムに収録されている。このアルバムは、個人的にはREMのアルバムの中で最高傑作だと思う。

＊2　自分ではあまり良いとは思わない作品だけが評価されている間は、自分の作品を創作している時のどのような手応えが傑作につながるものなのか中々客観的に冷静に把握することが出来ない。だから、このような一致の体験を踏んでいくことは自分の才能を掘り下げて真に自分のものにして行く上での重要なステップとなり得る。だが、逆に創作活動を方法論のようなもので主導して行くことは、新たな傑作を生む上での妨げに却ってなりかねない、とも言っておこう。それは創作活動を惰性的なものに堕さしめる。だから、そのひとなりの儀式のようなものを確立すること自体は悪いことではないかもしれないが、基本的に創作は手探りで苦労しながらやっている間の方が概して結果は良いと言える。

＊3　プラトン、『国家』、第5巻、一九、二〇、二一、二二。（『国家（上）』、藤沢令夫訳、岩波文庫、一九七九年、四〇七～四二五ページ。）及び同書、第10巻、四、五、六、七、八。（『国家（下）』、藤沢令夫訳、岩波文庫、一九七九年、三一七～三三九ページ。）

＊4　プラトン、同書、第3巻、九、一〇、一一、一二。（前掲書、二〇五～二二三ページ。）

＊5　ジャック・デリダ、『哲学の余白』。特に「白い神話」。

おいもさん、こんにちは

「いつも」という言葉には
「いも」の間にいつも「つ」が挟まっている
だから「五つも」もらっていくと
「つつ」がないのね「いも」さんは
いつでもいもを
いつでもいもを
いつでも「つで」を挟んだ「いも」さんを
朝御飯に食べませう
「いつでも」は朝御飯に食べられません
が

「いも」なら「いつでも」食べられます
いつでもでもでモデルくんは
原稿作りに精が出る

「原稿作りで一々親に
拳固をもらう人はいる？」

「いません」

「いないそうです」

「そうですか。それはやかん」

「それはいかん」

「それはやかん」

「それはいかん」

「それはやかん」

「やかんといかんは違うだろ」

「やい」「やい」「やい」「やい」（Jeg）

「って頭がおかしくなりそうだ」

「誠に遺憾に存じます」


「あら、書いてるの？」

「その通り」

「何で、こんなこと書くの？」

「いいじゃん別に書いたって」

「書いちゃ駄目とは言わないけれど、ちゃんと許可をもらいなさい」

「それは所謂一つの、今日勝つかい」

「下手な駄洒落は言わないの」

「いいじゃん別に言ったって、いいじゃん別に書いたって、マスの目だって何だって」

「どこにもないでしょ、

マスなんて」

「言われてみたら確かにそうだ」

「言われる前に気付きなさい」

「ハイハイ」

「ハイは一つでいいの」

「ハイハイ」

「なめてんのか、オマエ！」

「ハイ！」

（しょんぼりとぼりぼり掻いたイモなひと、ぼりぼりぼりとイモを食う）

「ナメンジャネーゾ！」

「ハイ」

（しょんぼり）

悪夢

「やあ、ようこそ、亡霊くん」

それはゲームの名前。

「ある晩の悪夢」

それはゲームの名前。

やってみたいかい、このゲームを？

やってみたいかい、このゲームを？

やりたい時にやれるんだ、
いつであれ、君の望むその時にね。

君は振り回される、グルグルと、

君は振り回される、グルグルと、
　そしてドスンと君は落ちる、
　　どうぞ、落ちてくれたまえ。

こんな家庭生活には打って付けの悪夢、
こんな日常生活には打って付けの悪夢。
やってみたいなら、堕落しな、
やってみたいなら、堕落しなよ。
やってみたいなら、乗っかりな、
やってみたいなら、乗っかりなよ。
君は病気になりたいんだね、
病気になってみたいんだね、君？
君の生活は呆れる程退屈だ。
君の生き方は呆れる程怠惰だ。
君は自殺を試みてみるべきだ。

君は死んだほうがましだね。
何て奇妙な時代を生きてるんだ。
何て奇妙な時代を生きてるんだ、
　この私たち。
カラカラと鳴る白々しくも安っぽい
この人骨の欠けら。
君はそれに乗って、
大きな海に乗り出して行った。
君が盗んで来た、
カラカラと鳴る白々しくも安っぽい
この人骨の欠けら。

君は部屋の中に、
一体何を集めているんだい？
君は部屋の中に、

何を集めているんだい？
人骨の欠けらだよ、
人骨の欠けら。

ミーの絶句

うっ
ううっ
おうっ
おーっ
そうじゃないだろっ！
絶句じゃないだろ
あうっ
ああっ
う
濃厚なゼックす

どういうことよ？
おおっ
何だ？
脳孔じゃないよ
おうっ
凄いだろ
この絶句は？
七言じゃ済まないぞ！
ミーの絶句は
面白いね
どこがだよ？
おおっ
何だ？
何が？
何でもないだろっ

そうかっ！
何か分ったか？
おおっ
何だ？
そうだったのか！
何が？
知らないよっ
何だぁ
何を約束してもらったの？
いや、厄、即にしてもらったよ
何だ、山羊か
いやな
黒山羊さんか？
違うよっ
ううっ

何だ
最悪だな
というより災厄だ
犀や山羊を飼ってるのか？
違うよっ！
何なんだよ
さいざんす
違うだろっ！
それはだな
つまり
ミーが絶句してんだよ
何、オレが？
違うよ、パンの耳だよ
パンのミー（mie）が絶句してんのか？
何、パンの身が絶句

パンの海がゼック
　　　　　ゼック
　　　　　　ゼックス
パンの身がゼック
パンの耳がゼック
パン全体が絶句す
おおっ
ああっ
いいっ
ううっ
ええっ
そうじゃないよ
パン、パン、パン
破裂しました
ふうっせんが

せんの？
せんよ
おおっ
風船が
風に漂う船が
難破して
絶句した
マッチョなイケメンが
軟派して
セックス

わたしは欲しくない

わたしは欲しくない、
権力も名誉も取るに足らない気慰めも、
目も眩むほどの財宝も、
わたしは欲しくない、
永遠の生命も、
お手軽な幸福も、
立派な地位も、
わたしは欲しくない、
1トンもの黄金の塊も、
室内プール付きの豪邸も、

けれど、
わたしは我慢出来ない、
決して、
我慢出来はしない、
わたしが欲しいもの、
それは決して手に入れることの出来ない、
そして、
とても言葉で言い表せない、
ああ、
だけど、
わたしの感情はこれっぽっちも、
生き永らえることがない、
わたしが愛する人は、
ビルの陰の公園の中、
噴水の水は高く、高く、

吹き上げる、
花壇の中には、
チューリップにクロッカス、
ヒヤシンスにスイートピー、
わたしの感情は生き永らえることがない、
今日の花壇は死に絶えて、
明日は凄まじい蝿の羽音、（*1）
花はもう咲かず、
鳥達はもう唱わない、
沈黙の春には、
白い靄の中に眠り込んだ廃墟、
それは何とこの現在に近い、
叶えられなかった夢、
それは愚かしさの産物、
でも、しかし、

叶えられなかった夢、
ただそれだけが美しい、
訳なんて知らないけれど、
わたしの思っていること、
わたしの感じていること、
わたしは一生口にしないだろう、
だから、
わたしは追って行く、
鉄道レールの上を、
彼方へ、
田畑を横切り、
小川の上を、
赤錆びた鉄橋の上を、
踏み越えて、
東から昇ったお月様、

おいで、おいで、
一片の雲もない、
藍色のお空に昇ったお月様、
わたしに向かって差し招くよ、
ホラ、
おいで、おいで、
こちらへおいで。

＊1　平井啓之訳のアルチュール・ランボー「最も高い塔の歌」の影響あり。

寒肥

庭の木々に肥料をやった
寒肥だ
牡丹に椿に
梅に金柑
良く花が咲きますように
どうか実を結びますように
そう祈りながら
寒肥をやった
椿や金柑は
緑を纏ってるけど

牡丹や梅はすっかり
葉を落として丸裸
母が新国立競技場のA案は
緑がいいと言った
緑は人の心に訴え掛ける
冬に耐えた木々は
麗しい花で春に報いる
そしてまぶしい緑の季節がやって来る
冬にあって新緑の季節に憧れる
温暖化が進んで
冬の寒さが貴重になっても
その心は変わらない
だから今はただ庭の木々に寒肥をやろう
まだ遠い春を待ち望みながら
今の冬の厳しさを

骨身にしみて味わいながら
丸裸の木々を愛おしく思いながら
庭の木々に
寒肥をやろう

朝の光

今はもう初夏の筈なのに
まだ涼しい空気が
人々の心にこれからの一瞬の
幸せを告知している。
近くの葦原から
見えないように巣を作った
ヨシキリの鳴く声が聞こえてくる。
さわやかな風が
窓を通して入って来る。
元は純白だったのに

ちょっと汚れてしまった
通気性のカーテンが
その軽やかな大気の動きによって
軽く揺すぶられて
窓の両側から
挨拶を
交わし合っている。
その様子を見た
私の感情も
母親の笑顔に包まれた
赤子のように
喜びで一杯になって
はしゃぎだしたいような
そんな気分になる。
近くの田んぼから

カエルの鳴き声が響き渡っている、
広い広い青空に
まるで何かを訴え掛けているように。
空を漂う
筋状の雲が
花嫁のヴェールのように
私の心を覆い
軽やかに移動して
大気の中に溶け込んで行く。
農家の人たちが
植えたばかりの稲たちのために
田の畦道を歩いて
水が行き渡っているか
入念に確認している。
彼らの日々の労力が

秋には豊かな実りによって
報われることを
私は心から願いたいと思う。

言葉

言葉って不思議だな
言葉を通して
ひとは励まし
　傷つけ
　理解し合い
　歌い
　嘆き
　怒り
　喜ぶ
言葉は

光ともなり
闇ともなり
考えを深め
冗談を言い
言葉を掛けることで
勇気を与え
誤解を招き
時に軽くあしらわれ
深読みされ
挑発し
欺き
そそのかす
しかし何よりも
生きることへと
語り掛ける

母親の笑顔に
　応える
赤ちゃんの笑顔に
それは現れている
　　人は赤ちゃんに
名前という言葉を
　与える
　呼び掛けると
赤ちゃんは応える
　満面の笑みを
湛えて
　名前の呼び掛けに
Fort-Fort-Da！（＊1）
イナイ－イナイ－バア！

沈黙も言葉だ
沈黙という言葉は
　自らを裏切り
或る意味を
　語り掛ける
　この上なく雄弁に
　ただひたすら
沈黙を
　ただこのひと時
ひとに安息を与える
　意味の欠如を
　律動付ける
　言葉を通して
静かに！
　聞いてごらん

自然の言葉を
雄弁な
生の沈黙を！
花が咲き
風がそよぎ
木々はざわめき
川が流れ
犬が吠え
小鳥が囀る
鳥が飛ぶ時
その翼の羽搏く
音が聞こえる
それらは言葉ではないだろうか？
あなたに何かを語り掛けては
いないだろうか？

　　それと同時に
　それらは
何も語り掛けてはいない
あなたを放っておいてくれる
　言葉は
　矛盾することも
　出来る
誓う言葉は
　私を或る結びへと
　拘束する
　私が行動してしまうと
　私は誓いの言葉から
　解き放たれる
それは一つの達成なのだ
　大胆な運動

ささやかな語らい
人生に光と影を与える
華やぎに満ちた
何てことはない
呪いのような
それでいて
そのように
祝福されている
魂の
言の葉に

＊1　ジャック・ラカン、『エクリⅠ』所収、竹内迪也訳「精神分析における言葉と言語活動の機能と領野」。一九七二年、弘文堂、四三五〜四四〇ページ。

あとがき

二冊目の詩集を送り出すことが出来て、正直ほっとしている。私は既に詩を五百以上書き溜めているのだが、それらの詩の中でも過激な方向に振れた詩篇を今回は多く収めた詩集となったので、この詩集が受け入れられれば、後は何冊か継続して出せるのではないかという目論見も今の私の念頭にはある。仮に、私の詩人としてのキャリアが今後も続いて行くのだとすれば、この詩集はある種の転換点とも言える問題作として記憶されるのではないか。第一詩集の『影踏み』は、或る種古典的な抒情詩とも言える作風の作品を数多く収録したものだったのに対し、今回の詩集はラディカリズムがテーマだと言える。決して読み易い作品ではないが、充実した読書体験をお約束出来るかと思う。

「港の人」の上野勇治氏には、難しい作品を「出しましょう」と言ってくださった英断に敬意を表すると共に、一方ならぬご尽力に感謝申し上げる。スタッフの皆様も有り難うございました。

二〇二四年二月二十二日

清水希有

清水希有　しみず・けう

一九六四年生、茨城県出身。日本大学国際関係学部国際文化学科フランス語コースを卒業後、早稲田大学第一文学部に学士入学。フランス文学を専攻して卒業。卒業論文は双方ともジョルジュ・バタイユだった。日大時代の卒論では、バタイユの経済思想を取り上げて（「「消費の概念」について」）、それに批判的なコメントを加え、それが後の「栗本慎一郎「の／に関する」脱構築（あるいは過剰―蕩尽理論の黄昏）」（『不羈と抑制』所収）のプロトタイプとなった。早稲田時代の卒論では、バタイユの初期作品『太陽肛門』について、構造主義的とも言えるテキスト分析を行った（「『太陽肛門』について」）。一時期、エコロジー関連の雑誌の編集部で編集者として働く。未刊の翻訳、執筆活動などを行う。趣味は、映画鑑賞、絵画鑑賞、歌を作ること、読書、描画（デッサン）など。茨城県在住。著書に『詩集　影踏み』（文芸社、二〇一二年）、評論集『不羈と抑制』（文芸社、二〇一八年）がある。

向《む》こうみずな鶺《せき》鴒《れい》

二〇二四年五月一日初版第一刷発行

著　者　清水希有

装　丁　西田優子

発行者　上野勇治

発　行　港の人

神奈川県鎌倉市由比ガ浜三―一一―四九
〒二四八―〇〇一四
電話〇四六七―六〇―一三七四
ファックス〇四六七―六〇―一三七五
www.minatonohito.jp

印刷製本　創栄図書印刷

ISBN978-4-89629-438-5